댕댕이 경주

이은재 글 | 손성은 그림

온서재

온서재 골목문고 05

댕댕이 경주

초판 1쇄 2025년 11월 3일

이은재 글 | 손성은 그림

출판사 온서재 | 펴낸이 양재홍
출판등록 제25100−2020−000068호
주소 (우01743) 서울특별시 노원구 한글비석로 245 A동 216호(중계동, 두타빌)
전화 02−6229−5016 | 팩스 0504−204−5016
이메일 onseojae@naver.com

© 이은재, 손성은, 2025

ISBN 979−11−995684−0−5 43810

《댕댕이 경주》는 〈주〉좋은책어린이의 《우리 집은 오팔리 305번지》를 재출간한 도서입니다.
* 책값은 뒤표지에 있습니다. 잘못된 책은 서점에서 바꾸어 드립니다.

차례

폭탄 아빠

요즘 우리 집은 팔다리가 삐걱대는 로봇 같아요.

아빠가 큰 가구점을 하고, 엄마가 잡지사에서 오래 일한 덕에 우린 넓은 아파트에 살아요. 친구들이 부러워하는 멋진 차도 있지요. 하지만 난 별로 행복하지 않아요.

난 이제 겨우 3학년인데 저녁 여덟 시가 넘어서야 집에 돌아와요. 학교 수업이 끝나고 교문 앞에서 피아노 학원 차에 오르면 수학, 영어, 태권도 학원까지 돌고 돌아 푹 익은 파김치 꼴이 되지요.

"찬수야, 이게 다 널 위한 거야. 배우고 싶은 거 다 배우고, 집에 혼자 있지 않아도 되니 얼마나 좋아!"

내가 집에 들어서자마자 소파에 축 늘어지면 엄마는 매번 이렇게 말하곤 해요. 도대체 뭐가 날 위한 걸까요! 난 그냥

나무늘보처럼 아무렇게나 널브러져 있고만 싶은걸요.

　그래서 내 마음을 몰라주는 아빠, 엄마에게 나만의 복수를 시작했어요. 피아노 학원에선 눈을 감고 건반을 마구 두드리고, 수학이랑 영어 학원에선 귀를 막고 피곤한 문어처

럼 흐느적거리는 거죠.

"찬수야, 피아노는 언제까지 바이엘만 칠 거니? 태권도도 맨날 제자리걸음이고."

"이 녀석아, 날마다 학원에 가는데 점수가 왜 이래?"

휴일이면 아빠, 엄마가 잔소리를 퍼붓지만 소나기가 지나갈 때까지 잠깐만 참으면 돼요. 다음 날이면 다시 정신없이 바빠져서 나한테 신경 쓸 겨를이 없거든요.

가끔 학원비가 좀 아깝지만 아빠, 엄마가 나보다 일을 더 중요하게 생각해서 내는 벌금이라고 생각하죠, 뭐.

그런데 언제부턴가 우리 집 분위기가 좀 이상해졌어요. 아빠도 엄마도 얼굴빛이 어둡고, 툭하면 신경질이에요. 백화점 쇼핑을 즐기던 엄마는 쉬는 날에도 컴퓨터 앞에 매달려 있기 일쑤고, 아빠는 술을 마시고 오는 날이 부쩍 늘었어요. 아무래도 일이 잘 안 풀리나 봐요. 술에 취한 아빠는 곧잘 '어릴 적 오달리에서 살 때가 좋았어.'라는 말을 했어요.

아빠는 어린 시절에 지금의 나보다 훨씬 행복했던 모양이에요.

오랜만에 아빠, 엄마가 같이 쉬는 날이에요. 엄마는 식탁에서 노트북 자판을 두드리고, 아빠는 소파에서 코를 골며 자고 있었지요. 나한테는 백화점이나 놀이동산에 가고 싶은지 묻지도 않았고, 외식을 하자는 말도 없었어요.

'너무해. 내 생각은 하나도 안 해 줘.'

나는 텔레비전을 켜고, 소리를 한껏 높였어요.

"찬수야, 엄마 일하는 거 안 보여?"

엄마가 눈으로 레이저 광선을 쏘아댔지만 보란 듯이 소리를

더 키웠어요. 그러자 엄마가 자리에서 벌떡 일어났어요. 동시에 아빠도 눈을 번쩍 뜨고 일어났어요. 아빠는 일어나자마자 넙죽 인사를 했어요.

"고객님, 죄송합니다."

텔레비전을 보던 나는 졸지에 고객님이 되고 말았어요. 내가 쿡 웃음을 터뜨리자 아빠는 잠이 덜 깬 눈을 몇 번 끔적거리다가 내 머리에 알밤을 꽁 먹였어요.

"이놈아, 뭐가 우스워! 당장 텔레비전 끄고 들어가."

아빠가 눈을 부릅뜨고 소리쳤어요.

나는 벌떡 일어나서 발을 쾅쾅 구르며 방으로 갔어요. 엄마가 '그것 봐라, 쌤통이다.' 하는 표정으로 웃었어요. 아빠도, 엄마도 다 미웠어요.

며칠이 지나도록 나는 화가 풀리지 않았어요. 그런데 진욱이 자식까지 나를 건드렸어요. 내 수학 단원평가 시험지를 몰래 훔쳐보고 놀려 댄 거예요.

"이야, 빵점이네! 찬수 네가 드디어 해냈구나. 대단하다."

진욱이는 박수까지 짝짝 쳤어요. 학원에서처럼 크게 점수를 따지는 것도 아니고, 그 단원에 대한 이해도를 점검하는 평가라 답을 대충 찍어 버린 내 잘못이지만 그동안 꾹꾹 눌러 참았던 화가 순간 폭발하고 말았어요. 나는 황소개구리처럼 배를 부풀려서 녀석을 툭 밀쳤어요. 방심하고 있던 녀석은 맥없이 풀썩 넘어지면서 의자 모서리에 팔을 슬쩍 긁혔어요. 별것도 아닌 상처에 녀석은 왕 울음을 터뜨렸어요. 나를 골탕 먹이려고 일부러 그러는 게 분명했어요. 아이들이 우르르 몰려드는 걸 보고 아차 싶었지만 이미 깨진 접시였어요.

분명 진욱이가 먼저 잘못했는데 나만 선생님한테 된통 혼이 났어요. 선생님은 엄마한테까지 전화로 고자질을 했어요. 하나같이 다 마음에 안 들어요.

태권도 학원이 끝나고 집에 돌아갔을 때 소파에 나란히 앉아 있는 아빠, 엄마의 눈빛이 차가웠어요. 집 안 공기도 북

극의 빙산처럼 냉랭했어요. 나는 저절로 목이 자라처럼 움츠러들었지요.

"빵점 맞은 것도 모자라서 친구랑 싸움박질까지 한단 말이지! 너 그러라고 아빠, 엄마가 이렇게 애쓰고 사는 줄 알아?"

엄마가 먼저 입을 열었어요.

"한 달 넘게 쓴 소파를 바꿔 달라는 손님 때문에 하루종일 머리가 터질 지경이었는데, 하필 이런 날 너까지 사고를 치냐?"

아빠가 맞받았어요.

"누가 아니래요? 나도 잡지 기사에 문제가 생겨서 부장한테 회사 그만두라는 소리까지 듣고 펑펑 울다가 선생님 전화를 받았는데 기가 막혀서 말이 안 나오더라니까요."

엄마가 땅이 꺼져라 한숨을 내쉬었어요.

"그러게 진작 그만두지. 그랬으면 찬수가 저 꼴이 됐겠

어?"

"그게 왜 내 탓이에요? 안 그래도 후배들한테 밀리지 않으려고 집에서까지 일 붙잡고 사는 거 뻔히 알면서. 그만두려면 당신이 먼저 그만뒀어야죠. 일 년 넘게 직원들 월급도 제때 못 주고 손해만 보잖아요. 여기저기서 빌린 돈은 어떻게 갚을 거예요?"

"뭐야?"

그쯤에서 나는 귀를 막아 버렸어요. 아빠랑 엄마는 싸움닭처럼 서로를 향해 소리를 꽥꽥 지르고, 나는 겁에 질려 눈치만 살폈어요.

한참이 지나서야 아빠, 엄마의 푸드덕거리는 날갯짓이 잦아들었어요. 엄마는 팔짱을 낀 채 팩 돌아앉았고, 아빠는 숨을 거칠게 몰아쉬었어요. 나는 내내 안절부절못하고 앉아 있었고요.

잠깐동안 집 안이 빈 들판처럼 고요해졌을 때 아빠가 벌떡 일어나며 말했어요.

"전부터 생각해 온 건데, 우리 그냥 오달리에 내려가서 살자. 여기선 더 이상 아무도 행복하지 않아! 그러니까 무조건 내 말대로 해!"

엄마와 나는 동시에 눈이 휘둥그레졌어요. 오달리라니……

치키, 첫 번째 친구

아무 생각 없이 길을 가다가 하수구에 푹 빠지면 이런 기분일까요?

아, 물론 오달리가 하수구라는 건 아니에요.

3년 전 할머니가 돌아가실 때가지 살던 곳이고, 지금도 그 집은 그대로 있어요. 할머니와의 추억도 고스란히 남아 있지요. 하지만 3년이나 비어 있던 낡은 시골집에서 살아야 한다니 기가 막혔어요. 벌레, 거미줄, 곰팡이는 말할 것도 없고, 귀신이나 도깨비가 튀어나올 수도 있으니까요. 그리고 무엇보다 난 도시가 훨씬 좋아요.

엄마도 나랑 생각이 같았어요.

"난 싫어요. 그런 촌구석에서 답답해서 어떻게 살아요?"

"아빠, 나도 그냥 여기서 살래요. 전학 가는 것도 싫고. 이

제부턴 공부 열심히 하고, 싸움도 안 할게요. 제발."

엄마와 내가 온갖 핑계와 공약을 쏟아내며 매달렸지만 아빠는 꿈쩍도 하지 않았어요. 아빠가 가구점을 하면서 쌓인 빚이 생각보다 많아서 아파트를 팔아야 했기 때문에 엄마도 결국 지고 말았어요. 그래도 잡지사를 그만둘 땐 속이 후련하다며 의외로 담담하게 나왔어요.

그렇게 해서 우리는 두어 달 만인 5월의 어느 날, 마침내 서울을 떠났어요. 승용차를 팔아서 새로 마련한 짐차를 타고 말이에요. 내가 미처 마음의 준비를 할 새도 없이 순식간에 벌어진 일이었어요. 차가 달리는 동안 정든 동네와 친구들 얼굴이 아른거려서 몇 번이나 울컥울컥했어요.

아빠는 줄곧 엄마와 내 눈치를 살피고, 우리는 내내 뚱한 채로 마침내 오달리에 도착했어요. 집은 생각보다 말끔하게 정리되어 있었지만 나도 엄마처럼 자꾸만 한숨이 나왔어요. 조금 떨어진 밭에서 일을 하다 말고 우리를 힐끔거리는 늙수그레한 아줌마와 아저씨도 마음에 안 들었어요. 두 사람은 뭐가 궁금한지 연신 우리 집 쪽을 살폈어요.

"시골 인심도 옛날 같지 않다더니 맞네. 저 사람들 봐. 도시에서 굴러 들어온 돌이 뭘 어쩌는지 한번 두고 보자 하는 얼굴이잖아. 아휴, 정말 여기서 살아야 하는 거야?"

엄마가 신경질을 부렸어요.

"그냥 궁금해서 보시는 거겠지. 좀 있다가 우리가 먼저 가서 인사부터 드리자고. 당신도 살다 보면 금방 정들 테니까 너무 까칠하게 굴지 말고 생각을 조금만 바꿔 주면 고맙겠는데."

아빠는 허허 웃으면서 엄마 불평을 다 받아 주었어요. 오달리에 온 게 마냥 좋아서 갑자기 마음도 바다처럼 넓어진 것 같았어요.

단출한 이삿짐을 대충 정리했을 때 꺼멍할머니가 자루 하나를 들고 마당으로 성큼성큼 들어섰어요. 얼굴이 검정콩처럼 새까매서 우리 할머니가 '꺼멍할망구'라고 부르던 할머니였어요. 할머니는 자루를 대문 앞에 휙 던져놓고는 두 팔을 활짝 벌리고 다가왔어요.

"아이고, 명호 니가 참말로 왔구나. 잘 왔다. 느이 엄마도 저승에서 좋다고 춤을 출 거구먼."

꺼멍할머니는 침을 튀기며 말했어요.

“앞으로 잘 부탁드리겠습니다.”

아빠는 돌아가신 할머니라도 만난 것처럼 반가워했어요.
엄마는 떨떠름한 얼굴로 고개만 살짝 숙였고, 나도 옆으로
가서 꾸벅 인사를 했어요.

“옴마야, 그 젖멕이가 그새 총각이 돼 부렀구나. 다 키웠
네, 다 키웠어.”

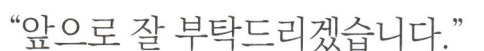

꺼멍할머니는 거칠거칠한 손으로 내 머리를 쓱쓱 쓰다듬었어요. 오랜만에 봐서 난 영 어색한데 할머니는 내 볼을 어루만지고, 엉덩이를 두드리면서 친한 척을 했어요. 다른 사람 몸에 함부로 손을 대는 게 실례라는 것도 모르나 봐요. 아무리 돌아가신 할머니랑 가깝게 지냈다고 해도 마음에 안 들었어요.

"참말, 내 정신 봐라."

할머니가 손뼉을 짝 치더니 대문 앞에 던져두었던 자루를 가져왔어요. 뭐가 들었는지 자루는 살아 있는 것처럼 정신없이 퍼덕퍼덕 움직였어요. 나는 겁에 질려서 뒤로 슬금슬금 물러났어요.

"옜다, 이사 선물. 잘 키워서 푹 고아 묵어라."

할머니가 자루를 풀어서 옆으로 휙 던지며 소리쳤어요. 바로 그 순간, 시커먼 중닭 한 마리가 공중으로 푸드덕 날아올랐어요.

23

"엄마야!"

나는 너무 놀라서 뒤로 벌렁 자빠지고 말았어요. 닭은 정신없이 마당을 뛰어다니며 푸드덕거리고, 아빠와 꺼멍할머니는 나를 보고 깔깔 웃었어요. 엄마는 얼굴을 잔뜩 찡그린 채 닭과 나를 번갈아 보았어요.

아빠는 한참 동안 뛰어다닌 끝에 겨우 닭을 붙잡아서 낡은 토끼장에 넣었어요. 그 사이 꺼멍할머니는 우리 집 살림살이를 하나하나 살피며 이것저것 아는 체를 하다가 필요한 게 있으면 언제든 찾아오라는 말을 남기고 돌아갔어요.

"여보, 저 닭 도로 가져가시라고 하면 안 돼요? 징그러워서 싫은데."

엄마가 토끼장 쪽을 가리키며 얼굴을 찌푸렸어요.

나도 좀 징그럽기는 했지만 돌려주는 건 반대였어요. 잘 키워서 치킨을 해 먹으면 좋겠다는 생각이 들었거든요.

"엄마, 내가 한번 키워 볼게. 친구가 없어서 심심한데 잘됐잖아. 이름도 벌써 정했어. 내가 제일 좋아하는 '치킨'이 될 녀석이니까 '치키'라고 할 거야."

"치키? 멋진데. 오달리에서 만난 네 첫 번째 친구니까 사이좋게 잘 지내봐라."

아빠가 활짝 웃으면서 말하자 엄마는 입을 삐죽 내밀고 안으로 들어가 버렸어요.

다음 날부터 아빠는 정신없이 바쁘게 움직였어요. 소파에 젖은 빨래처럼 축 처져 있던 모습은 찾아볼 수 없었어요. 눈만 뜨면 온 동네를 돌아다니고, 마당

한쪽에 버려져 있던 창고에 가구 작업실을 만든다며 종일 뚝딱거렸어요.

젊은 시절, 아빠는 가구 만드는 일이 너무 좋아서 기술을 배우기 시작했대요. 일은 힘들었지만 좋아하는 일을 하니 마냥 신이 났다고 해요. 그런데 정작 가구점을 시작하면서부터는 남이 만든 가구를 파느라 바빠서 직접 가구를 만드는 데서는 손을 놓을 수밖에 없었어요.

그래서인지 가구 만들기를 다시 시작하겠다는 계획을 밝힌 아빠는 무척 행복해 보였어요. 여기저기 얘기를 해 놔서 곧 주문이 들어올지도 모른다며 잔뜩 들뜬 모습은 꼭 어린애 같았다니까요.

26

하지만 엄마와 나는 여전히 오달리가 낯설고 불편하기만 했어요. 엄마는 얼굴이 탄다며 출근할 때보다 화장을 더 두껍게 하고 다녔어요.

"작게라도 농사를 지어 보면 당신도 금방 재미를 붙일 거야."

아빠가 이렇게 말하면서 텃밭에 뿌릴 채소 씨앗을 사다 줄 때도 엄마는 시큰둥했어요. 나는 아빠가 시키는 대로 엄마와 함께 씨앗을 뿌리면서도 마음이 편치 않았어요. 씨앗이 뿌리를 내리고, 싹을 틔워서 자라기 시작하면 나도 어쩐지 이곳을 벗어나지 못할 것 같았거든요. 아! 엄마 말대로 굴러 들어온 돌인 우리가 여기서 다시 굴러 나갈 방법은 없는 걸까요!

촌닭 대 서울닭

며칠 후, 새 학교에 갔어요. 규모가 서울 학교의 절반도 안 될 만큼 작았고, 애들은 다 촌스러웠어요. 3학년은 달랑 한 반인데, 모두 열세 명뿐이었어요. 그나마 근처에 있던 분교가 문을 닫아 통합되는 바람에 조금 늘어난 게 그 정도라고 했어요. 북적대던 서울 학교에 비하면 손님이 없어서 파리만 날리는 식당처럼 썰렁한 분위기였어요.

"난 남찬수야. 서울에서 왔어. 앞으로 잘 부탁해."

담임 선생님을 따라 교실로 들어간 나는 무뚝뚝한 얼굴로 말했어요. 촌닭 같은 애들한테 서울닭인 내가 처음부터 만만하게 보이면 안 될 것 같았거든요. 애들이 삐딱하게 쳐다봤지만 상관없었어요. 엄마랑 힘을 합쳐서 아빠를 계속 조르면 곧 서울로 돌아갈 수 있을 테니 그때까지 꾹 참으면 그

만이었어요.

그런데 나를 대하는 반 아이들의 눈빛과 말투도 싸늘했어요. 다들 미리 짜기라도 한 듯 힐끔힐끔 쳐다보기만 할 뿐 먼저 말을 걸지도 않았어요.

'쳇, 마음대로들 하시라지.'

나는 입을 삐죽대며 맨 뒷자리에 가서 앉았어요.

옆자리에 앉은 남자애가 나를 빤히 쳐다보았어요. 얼굴이

공처럼 동그랗게 생긴 애였어요. 그 애가 내 팔을 툭 치더니 말했어요.

"난 해공이야. 넌 또 얼마나 있다 갈 거냐?"

그 말에 주위의 아이들이 일제히 나를 돌아보았어요. 모두들 내 대답이 궁금해 죽겠다는 얼굴이었어요. 나는 영문을 몰라서 되물었어요.

"그게 무슨 말이야?"

"여기 얼마나 있다가 서울로 돌아갈 거냐고. 삼월에도 서울서 전학 온 애가 있었는데 한 달 만에 인사도 없이 가 버렸거든. 넌 얼마나 갈지 우리끼리 아이스크림 내기했는데, 난 두 달 걸었어. 어때? 내가 이길 것 같냐?"

해공이가 히죽히죽 웃었어요. 나를 두고 자기들 마음대로 그런 내기를 했다니 기분이 나빴어요. 그건 처음부터 나를 친구로 받아들일 마음이 없다는 뜻이잖아요. 그런데 다른 애들까지 약을 올렸어요.

"난 이 주일."

"난 오 일!"

어처구니가 없었어요. 이곳에 하루도 더 있기 싫었지만 촌닭들이 먼저 나를 밀어내려고 안달하자 왠지 부아가 치밀었어요.

"그만해. 내가 얼마나 있든 너희들이 무슨 상관이야?"

소리를 꽥 지르자 아이들은 코웃음을 치며 고개를 돌렸어요. 당장이라도 집에 돌아가고 싶었어요. 나는 해공이를 노려보았어요. 그리고 서울로 돌아가는 날까지 이 촌닭들과 알은척도 하지 않겠다고 굳게 다짐했어요.

하지만 바로 다음 시간에 내 결심은 흐지부지 무너져 버렸어요.

"학교에서 카드놀이를 하면 안 된다고 분명히 말했는데 오늘 4학년 교실에서 또 카드놀이를 하다가 걸렸다. 그냥 놀이로 하는 것도 문젠데 이번엔 용돈까지 걸고 내기를 해서 문제가 커졌어. 선생님이 귀가 아프도록 당부했으니 우리 반엔 카드 가져온 사람 없겠지? 오늘은 검사를 한번 해 봐야겠구나. 다들 책상 위에 가방 올려놔."

선생님이 지휘봉으로 교탁을 탁탁 치면서 말하자 해공이가 갑자기 엉덩이를 들썩이며 초조해했어요. 아무래도 카드를 가져온 모양이에요. 나는 속으로 '깨소금 맛이다.' 하면서 픽 웃었어요.

그런데 이리저리 두리번거리던 해공이가 느닷없이 내 손에 카드 뭉치를 쥐어주는 게 아니겠어요!

"야, 이것 좀 주머니에 숨겨 줘. 난 한 번 더 걸리면 부모님 모시고 와야 된단 말이야. 넌 전학 온 첫날이니까 선생님이 봐 주실 거야. 제발."

해공이가 싹싹 비는 시늉까지 하면서 귀엣말을 했어요.

"내가 왜······."

말은 그렇게 하면서도 선생님이 성큼성큼 다가오는 걸 보고 나는 얼떨결에 카드를 바지 주머니에 집어넣었어요.

해공이 말대로 선생님은 내 가방은 열어 보지도 않고 싱긋 웃으며 지나갔어요. 대신 해공이 가방은 다른 애들 것보다 더 꼼꼼하게 살피고, 주머니까지 만져 본 후에 눈을 살짝 흘기며 지나갔어요. 해공이가 가슴을 쓸어내리면서 헤벌쭉 웃었어요

"살려 줘서 고맙다."

첫, 나는 인사 들을 생각이 없었기 때문에 고개를 돌렸어요. 그런데도 녀석은 그때부터 괜히 친한 척하며 자꾸만 말을 걸어왔어요. 내가 대꾸하지 않으면 옆구리를 쿡 찌르고는 혼자 킬킬대기도 했어요. 아무리 그래도 나는 입을 꾹 다물고 꿋꿋이 버텼어요. 나는 촌닭들과 절대 어울리고 싶지 않은 서울닭이니까요.

댕댕이 경주

해공이는 첫날부터 나를 집까지 바래다주겠다며 쫄래쫄래 따라왔어요. 정작 우리 집하고는 정반대 편으로 뚝 떨어진 곳에 살면서 말이에요. 서울 친구들 같으면 학원 시간에 쫓겨서 꿈도 못 꿀 일이지요.

"내가 집도 못 찾아갈까 봐 그래? 나 혼자 갈 거니까 따라오지 마."

내가 퉁명스럽게 쏘아붙이는데도 해공이는 실실 웃으면서 계속 따라왔어요.

"은혜를 입었으면 갚아야지. 그리고 아빠, 엄마 다 농장에 일하러 가서 집에 가 봐야 아무도 없단 말이야. 너도 비슷하지?"

해공이는 묻지도 않은 말을 주절주절거리며 귀찮게 굴었어요. 솔직히 나도 놀 친구가 치키밖에 없어서 심심하기는 했어요. 해공이도 나쁜 아이 같지 않았고요. 하지만 자존심이 상해서 아무 대꾸도 하지 않았어요.

그런데 마당까지 쭈뼛쭈뼛 따라 들어온 해공이를 보고 아빠 얼굴이 환해졌어요.

"찬수야, 첫날부터 친구를 사귄 거야?"

아빠는 해공이랑 악수까지 하면서 환영했어요. 엄마도 내가 친구를 데려온 게 싫지 않았나 봐요. 부침개를 해 주며 해공이네 집이나 가족들에 관해 꼬치꼬치 캐묻기도 했어요. 아주 상냥한 얼굴과 말투로 말이에요. 요즘 들어 엄마가 그

렇게 천사처럼 구는 건 처음이에요. 아빠도 엄마 모습이 낯선지 어깨를 으쓱했어요. 나는 녀석과 갑자기 친한 척하기도 어색해서 마당에 풀어 놓은 치키 뒤만 겅중겅중 쫓아다녔어요.

해공이는 아빠, 엄마랑 금세 친해져서 키득거리며 수다를 떨었어요. 아빠 작업실에 따라 들어가서 텐트 모양의 독특한 우체통을 보고는 눈이 휘둥그레지기도 했어요.

"우아! 이거 진짜 아저씨가 만든 거예요? 저도 좀 가르쳐 주세요. 가구 만들기 교실 같은 거 열면 되잖아요."

"오, 좋은 생각인데! 나중에 아저씨가 가구 교실 열면 널 첫 번째 제자로 받아 줄게."

아빠는 껄껄 웃으면서 말했어요. 나와 달리 아빠 가구에 관심을 보이는 해공이가 무척 마음에 드는 모양이에요. 해공이는 손가락까지 걸며 아빠에게 약속을 받아 냈어요. 나는 괜히 심술이 났어요. 우리 아빤데…….

해공이는 다음 날도, 그다음 날도 계속 나를 따라왔어요. 내가 곧 서울로 돌아갈 거라고 해도 아랑곳하지 않았어요.

"너희 아빠 그럴 생각이 하나도 없는 것 같던데."

이렇게 말하며 웃어넘겼어요. 그래서 나도 반쯤은 포기하고 녀석이 하는 대로 내버려 두었어요. 며칠 동안 우리는 두런두런 얘기를 나누고, 가방을 홱 잡아채고 달아나는 장난을 치기도 하며 조금씩 가까워졌어요. 해공이는 아빠가 일하는 걸 구경하기도 하고, 나랑 같이 치키 꽁무니를 따라다니기도 하며 두어 시간쯤 놀다가 돌아가곤 했어요.

금요일 오후였어요. 이틀 만에 놀러 온 해공이가 치키를 보면서 골똘히 생각에 잠겼다가 입을 뗐어요.

"찬수야, 너도 댕댕이 경주에 나올래?"

"댕댕이 경주? 그게 뭔데?"

내 말에 아빠, 엄마도 눈을 동그랗게 뜨고 쳐다봤어요.

"오달리 애들끼리 일요일마다 학교에 자기가 키우는 개를

데리고 나와서 달리기 시합을 하는 거야. 우리가 요즘 식으로 '댕댕이 경주'라고 이름 붙였는데 어때? 그럴싸하지?"

그럴싸하긴. 해공이는 자기들의 작명 실력을 자랑하고 싶은 얼굴이었지만 나는 대답 대신 코웃음을 쳤어요. 나는 아직 오달리 아이들을 곱게 볼 마음이 생기지 않았거든요.

"다른 동네 애들은 끼워 주지도 않아. 찬수 너도 거기 참가해야 진정한 오달리 식구로 인정받을 수 있을걸. 내가 잘 얘기해 줄 테니까 같이 가자, 응?"

해공이 말에 엄마 아빠가 반색을 하고 나섰어요.

"그거 재미있겠다. 진정한 오달리 식구로 인정받을 기회라는데 놓칠 수 없지."

"그래. 찬수야, 아빠도 찬성! 시합이라면 무조건 붙어 봐야지. 이기면 더 좋고."

나는 기가 막혔어요.

"우리 집엔 개도 없는데 어떻게 댕댕이 경주에 나가?"

"네가 나가겠다고만 하면 아빠가 당당 가서 말보다 더 잘 달리는 개를 사 올게. 암, 지구를 다 뒤져서라도 사 오고말고."

아빠는 정말로 신이 난 얼굴이었어요. 나보다 아빠가 더 댕댕이 경주에 나가고 싶은 것처럼 보였어요.

"됐어. 난 치키 하나면 충분해."

나는 퉁명스럽게 쏘아붙였어요. 사실은 개까지 키우게 되면 오달리를 떠나기가 더 힘들어질까 봐 그렇게 대답한 것이었어요. 아빠가 머쓱해서 뒷머리를 긁적였어요.

그때 해공이가 치키를 가리키며 말했어요.

"그래, 치키! 내가 쭉 봤는데 너 치키랑 잘 달리더라. 그 정도면 댕댕이 경주에 나가도 되겠어. 진짜 개는 나중에 구하고, 이번엔 치키랑 같이 나가 보면 어때? 재미있겠지?"

처음엔 황당했지만 가만 생각해 보니 나쁠 건 없는 듯해서 마음이 살짝 흔들렸어요. 일요일이라고 해 봐야 특별히 할 일도 없고, 불쑥불쑥 찾아오는 꺼멍할머니 말고는 만날 사람도 없어서 너무 심심했거든요. 내게 좀처럼 마음을 열지 않는 다른 아이들을 생각하면 좀 망설여졌지만 한번 해 보고 싶었어요. 아빠, 엄마도 눈빛으로 응원을 보냈어요.

'그래. 서울로 돌아갈 때 가더라도 일단 붙어 보자. 나중에 서울 가면 재미있는 얘깃거리가 될 수도 있잖아.'

나는 결심을 굳히고 힘차게 고개를 끄덕였어요.

달려라! 치키

우리는 일주일 동안 치키를 훈련 시켜서 경주에 나가기로 했어요.

"치키, 달려! 달려!"

"이쪽이야, 치키!"

해공이는 매일같이 우리 집으로 와서 함께 훈련을 했어요. 치키 목에 줄을 묶고 달리는 건 쉽지 않았어요. 갑작스레

목줄이 걸린 치키는 앞으로 나갈 생각은 않고 이리저리 퍼덕거리기만 했거든요. 함께 달리는 게 아니라 치키는 치키대로, 나는 나대로 허둥대는 꼴이었어요. 해공이가 어떻게든 치키를 달리게 하려고 팔을 마구 휘저으며 꽁무니를 따라다녔지만 소용이 없었어요.

"세상에 쉬운 일이 없다니까."

아빠, 엄마는 우리를 보고 고개를 절레절레 흔들었어요.

시합은 엉망이 될 것 같아 불안해도 두 분이 전에 없이 다정해 보여서 기분은 좋았어요. 엄마는 여전히 시골살이가

심심하고 재미없다며 불평이 많았지만 오달리에 온 뒤로 두 분이 전처럼 으르렁대는 일은 거의 없었어요. 순순히 따라와 준 게 고맙다며 아빠가 엄마한테 무조건 엎드려서 그런 것 같았어요. 아빠가 만든 벤치에 나란히 앉아 있는 모습은 한 쌍의 원앙이 따로 없었어요.

나는 벤치 쪽을 힐끔거리면서 열심히 마당을 뛰어다녔어요. 땀이 줄줄 흘렀지만 힘든 줄도 몰랐어요. 며칠이 지나자 요령이 조금 생겨서 치키도 앞으로 제법 잘 달렸어요. 닷새 만에 동네를 한 바퀴 도는 데도 성공했어요.

해공이는 감독처럼 따라다니면서 나와 치키를 살피다가 한 가지씩 코치를 해 주었어요.

"찬수야, 줄을 너무 바짝 당기지 말고 헐렁하게 잡아. 그리고 치키가 길에서 벗어날 때만 살짝살짝 당겨 줘."

"응. 알았어."

나는 해공이가 시키는 대로 했어요. 그랬더니 정말로 속도가 조금씩 빨라지고, 힘도 덜 들었어요. 해공이가 옆에 있어서 든든하고 좋았어요.

첫 시합 전날, 해공이가 큰집에 제사를 지내러 가서 나는 혼자 치키를 데리고 마을 회관까지 갔다 왔어요. 혼자 하는 훈련은 몇 배로 힘이 들었어요. 새삼 해공이가 보고 싶었어요.

한 시간쯤 지나 땀을 뻘뻘 흘리면서 돌아왔을 때 아빠, 엄마는 마당에서 이불 빨래를 하고 있었어요.

커다란 고무통에 바지를 둥둥 걷고 들어가 첨벙대는 게 꼭 물장난하는 애들 같았어요. 엄마는 한 손에 양산을 든 채 까르르까르르 웃었어요.

"쳇, 뭐야! 나만 쏙 빼놓고."

나는 치키를 닭장으로 바뀐 토끼장 속에 몰아넣고 곧바로 고무통 속으로 뛰어들었어요. 나랑 몸이 부딪힌 아빠가 휘청했어요. 그 순간, 엄마가 양산을 휙 집어던지고 아빠와 나를 붙잡았어요. 우리는 어깨동무를 하고 빙글빙글 돌면서 이불을 밟았어요. 서울 살 땐 늘 제각각이던 우리 가족이 진짜 하나가 된 것 같아서 자꾸만 웃음이 났어요. 오달리에 와서 처음으로 행복하다는 생각이 들었어요. 이곳에 계속 살아도 괜찮겠다는 생각이 아주 잠깐 들었을 정도로요. 나는 아빠, 엄마를 올려다보며 말했어요.

"나 내일 시합 진짜 잘하고 싶어요. 해공이가 많이 도와줬는데 실망 시키면 안 되잖아요."

"그래야지. 우리 찬수가 이제 철이 드는가 보네. 친구 마음도 헤아릴 줄 알고."

엄마가 입을 크게 벌리고 웃었어요. 초여름 햇살이 따가운데 양산을 다시 쓸 생각도 하지 않았어요.

"자연은 모든 사람을 철들게 하지."

아빠가 철학자처럼 말해서 우리는 또 한 번 크게 웃었어요.

다음 날, 나는 해공이랑 학교 앞에서 만났어요. 해공이는 덩치가 제법 큰 백구를 데리고 왔어요. 갑자기 치키가 초라해 보였지만 애써 아무렇지 않은 척했어요. 우리는 주먹을 꽁 부딪치고 나서 아이들이 모여 있는 운동장으로 뛰어갔어요. 백구가 자꾸 치키 쪽으로 오려고 해서 조금 떨어져서 갔어요.

운동장에는 남자애 둘과 여자애 하나가 먼저 와 있었어요. 모두 같은 반이었지만 아직까지 서먹서먹하고 이름조차

가물가물한 아이들이었어요. 그 애들은 나를 보자마자 배를 잡고 웃기 시작했어요. 정확히 말하면 내가 끌고 온 치키가 너무나 어이없다는 웃음이었어요.

"야, 저게 뭐야. 저 달구새끼가 경주를 한다고?

"서울 애들은 진짜 웃긴다. 언제부터 닭이 댕댕이가 됐대?"

얼굴이 까무잡잡한 여자애는 눈물까지 찔끔거렸어요.

기분이 상했지만 얼마든지 참을 수 있었어요. 치키랑 누구보다 잘 달릴 자신이 있었으니까요. 해공이도 내 편을 들어 주었어요.

"찬수네 집에서는 이 닭이 개나 마찬가지야. 너희들도 치키가 뛰는 걸 보면 깜짝 놀랄걸."

아이들은 고개를 갸웃거리면서도 어디 한번 보자며 출발선으로 뛰어갔어요.

나도 치키를 안고 힘차게 걸음을 옮겼어요. 그런데 출발

선에 닿기도 전에 일이 벌어졌어요. 네 마리나 되는 개들이 한꺼번에 왕왕 짖어대며 모여들자 치키가 놀라서 법석을 떤 거예요. 치키는 미친 듯이 푸드덕거리다가 순식간에 내 손에서 빠져나가 달아났어요. 동시에 개들도 치키를 보고 마구 짖어대며 달려갔지요. 아이들은 엉겁결에 줄을 잡고 뛰기 시작했어요.

"야, 개 줄 꽉 잡아. 치키 물어 죽이면 안 된단 말이야."

해공이가 눈이 휘둥그레져서 운동장이 쩌렁쩌렁 울리도
록 소리쳤어요. 그 말에 나는 가슴이 철렁 내려앉아서 미친
듯이 치키를 쫓아갔어요. 치키는 날개를 퍼덕거리면서 화단
과 조회대를 지나 학교 건물 뒤로 달아났어요. 모두들 치키
를 쫓아가느라 금세 숨소리가 거칠어졌어요. 졸지에 댕댕이
경주는 출발 신호도 없이 엉망진창 뜀박질로 변해 버렸어
요. 그런데 어느 순간부터 아이들은 술래잡기라도 하는 것

처럼 신이 나서 깔깔댔어요.

"댕댕이 경주보다 이게 더 재미있는데."

키가 땅딸막한 남자애가 소리치자 다른 아이들도 맞장구를 쳤어요.

그렇게 우리는 한참 동안 학교 안 곳곳을 뛰어다녔어요. 다들 힘줄이 튀어나오도록 줄을 꽉 잡고 속도를 조절하면서 조심하는 게 느껴졌지만 나는 혹시라도 치키가 물릴까 봐

죽을힘을 다해 쫓아가서 겨우겨우 줄을 붙잡았어요. 아이들도 숨을 몰아쉬며 하나둘 멈춰 섰어요. 개들이 치키를 둘러싸고 한꺼번에 짖어대자 치키가 하늘로 솟아오를 듯이 푸드덕거렸어요. 나는 치키를 와락 끌어안았어요. 치키는 내 품에서 벗어나려고 몸부림을 치고, 나는 치키를 놓치지 않으려고 안간힘을 썼어요.

그런 나를 보고 여자애가 와하하 웃었고, 다른 아이들도 덩달아 웃음보가 터졌어요. 해공이까지 배꼽을 잡는 걸 보니 내 꼴이 어지간히 우스웠나 봐요. 나도 그만 킥킥 웃어 버렸어요. 퍼덕퍼덕 먼지를 일으키며 날갯짓을 멈출 줄 모르는 치키를 꽉 끌어안은 채로 말이에요.

오달리 5호 선수

며칠 후, 해공이가 윤호와 함께 집으로 찾아왔어요. 윤호는 댕댕이 경주에 나왔던 친구들 중 하나예요. 그날 이후 나는 댕댕이 경주에 참가한 아이들과 한결 가까워졌어요. 시합은 엉망이 되었지만 아이들은 나를 오달리 식구로 어느 정도 받아들인 것 같았어요. 해공이는 말할 것도 없고, 윤호와 철기, 유정이까지 모두 학교에서도 이제 스스럼없이 나에게 다가와요. 다른 동네 아이들은 여전히 삐딱하게 굴었지만 상관없어요. 든든한 내 편이 한꺼번에 셋이나 더 생기고 나니 다른 아이들하고도 금방 친해질 수 있겠다는 자신감이 생겼어요. 촌닭들하고 절대 어울리지 않겠다던 결심을 까맣게 잊고요.

"찬수야, 이거 받아. 윤호네 구름이가 지난달에 낳은 새끼

인데 너한테 선물로 주겠대."

해공이 말에 윤호가 히죽 웃으며 들고 온 종이상자를 열어 보였어요. 상자 안에는 앙증맞게 생긴 강아지 한 마리가 들어 있었어요. 고 녀석의 새까만 눈동자를 마주하는 순간 나도 모르게 탄성이 나왔어요.

'히야!'

"귀엽지? 이름은 치치라고 지었어. 치키 동생이니까 치치. 마음에 들어?"

윤호가 배시시 웃으면서 물었어요.

"으, 응. 들어. 마음에 꼭 들어."

나는 진심으로 대답했어요. 나와 치키를 생각하면서 강아지 이름까지 함께 지어 선물해 주는 고마운 마음에 나도 모르게 뭉클했어요. 그런 게 바로 시골의 정이라는 걸까요. 오달리 아이들의 작명 실력은 아직까지 인정하고 싶지 않았지만 갑자기 앞에 있는 녀석들이 댕댕이처럼 사랑스러워 보여서 몹시 당혹스러웠어요.

"치치 잘 키워서 댕댕이 경주 제대로 다시 붙어 보자. 그래야 너도 진짜 오달리 5호 선수가 되지."

윤호가 상자를 건네주며 말했어요.

"오달리 5호 선수?"

"그래. 우리 오달리 애들 네 명에 이어서 다섯 번째 선수라는 뜻이야."

해공이 설명에 나는 천천히 고개를 끄덕였어요. 나를 진짜 식구로 인정한다는 말 같아서 싫지 않았어요. 서울로 돌아가고 싶은 마음이 완전히 사라진 건 아니었지만 굳건했던 결심이 심하게 흔들리는 건 어쩔 수 없었어요.

"참, 치치가 자라서 경주에 참가할 때까지 넌 예비 선수다. 그 전에 떠나 버리면 그걸로 끝이야. 알았지?"

윤호가 다짐을 받으려는 듯 눈에 힘을 주고 말했어요.

나는 대답 대신 멋쩍게 웃었어요.

저녁 무렵, 새 가구 하나를 완성하고 들어온 아빠가 치치를 보고 나보다 더 좋아했어요.

"찬수야, 친구들하고 잘 지내는 걸 보니 이제 네 걱정은 안 해도 되겠구나."

아빠는 나를 꼭 끌어안고 볼을 마구 비벼 댔어요. 눈물까지 글썽이는 걸 보니 그동안 내 걱정을 많이 한 모양이에요. 괜히 코끝이 찡했어요. 아빠 때문에 아무래도 서울로 돌아가는 건 완전히 포기해야 할 것 같았어요.

그런 생각을 하고 있을 때 엄마의 화난 목소리가 들렸어요.

"할머니도 참, 나물 캐러 가려면 혼자 가시지 이 땡볕에 왜 사람을 이리저리 끌고 다닌담. 아무튼 시골 사람들은 조금만 친해지면 너무 편하게 굴어서 맘에 안 들어."

엄마는 나물 바구니를 휙 팽개치고는 방으로 들어가 버렸어요.

아빠가 조그맣게 한숨을 내쉬었어요. 나도 마음이 무거웠어요. 그런데 엄마는 생각보다 많이 힘들었는지 저녁밥도 못 먹고 끙끙 앓아누웠어요. 이마도 제법 뜨거웠어요. 아빠는 비상약이라도 얻어 오겠다며 꺼멍할머니 집으로 달려갔다가 얼마 후에 할머니와 함께 돌아왔어요.

"아이고매, 서울댁이 결국 병이 났나 보네. 이사하랴, 시

골살이 정 붙이랴 힘들기도 했을 거구먼, 암만."

할머니는 엄마 등을 토닥이면서 혀를 끌끌 찼어요. 그리고는 곧바로 마당에 나가서 솥이 걸린 화덕에 불을 지폈어요. 나는 연기 때문에 눈이 매워서 치치를 데리고 멀찌감치 떨어져 있었어요. 할머니는 나물을 씻어서 솥에 안치고 쌀과 된장을 넣어서 한동안 푹 끓였어요. 구수한 냄새에 저절로 침이 넘어갔어요.

"서울댁, 이놈 한 그릇 먹어 봐. 시골선 이런 게 다 보약이

라니."

꺼멍할머니는 싫다는 엄마를 억지로 일으켜서 죽을 먹였어요.

엄마는 얼굴을 찡그리면서도 할머니가 떠먹여 주는 죽을 끝까지 다 먹었어요. 할머니는 틈틈이 엄마 이마에 솟아난 땀도 닦아 주었어요. 나는 꺼멍할머니가 진짜 우리 할머니 같아서 옆에 꼭 붙어 앉아 있었어요. 아빠도 나랑 비슷한 생각을 하는지 할머니한테서 눈을 떼지 못했어요.

"땀까지 냈으니 푹 자고 나믄 몸이 한결 가벼울 거여."

할머니는 엄마 손을 어루만졌어요. 그러고는 아빠가 바래 다주겠다는 것도 마다하고 서둘러 돌아갔어요. 나는 아빠를 따라 나가서 어둠 속으로 천천히 멀어져 가는 할머니의 뒷모습을 오래오래 바라보았어요.

우리가 방으로 다시 들어갔을 때, 엄마는 눈가를 훔치며 빨개진 눈으로 투정 부리듯 말했어요.

"아이참, 정말 이상한 할머니야. 왜 멀리 계신 엄마 생각 나게 하고 그래. 도대체 남인지 가족인지 알 수가 없게 만들잖아."

그 말에 아빠가 허허 웃었어요. 엄마가 좀 나아진 것 같아서 나도 마음이 놓였어요.

"정들면 남도 가족이지 뭐. 난 벌써 오달리 사람들이 다 가족 같고 친척 같은데 당신은 안 그래? 찬수 넌?"

아빠가 엄마와 나를 보며 물었어요.

나는 잠깐 고민하다가 힘차게 고개를 한 번 끄덕였어요. 엄마도 아빠를 흘겨보며 싱긋 웃었어요. 그 순간, 불현듯 엄

마도 나처럼 서울로 돌아가는 걸 포기할지
모르겠다는 생각이 들었어요. 하지만 하나도 아쉽지 않았어
요.

　그래요. 우리 집은 오달리에 있어요. 난 앞으로 이곳이 아
주아주 좋아질 것 같은데 어쩌죠! 요즘은 잠자리에 누워서
도 서울 친구들보다 해공이랑 윤호, 철기, 유정이 얼굴이
먼저 떠올라요. 서울 친구들이 섭섭하다고 해도 할 수 없
어요. 이제 난 오달리 댕댕이 경주의 진짜 5호 선수가 꼭 되
고 싶어졌거든요.

외계인이 될 용기가 필요해요

어느 날 갑자기 지구를 떠나 엉뚱한 별에 떨어지는 상상을 해보세요. 그 별에서 쭉 살아가야 한다면 여러분은 어떨 것 같나요? 전혀 예상하지 못하고, 원하지도 않은 상황이라서 처음엔 누구나 몹시 두렵고 당황스러울 거예요. 한순간에 자신이 말로만 듣던 외계인이 되었다는 사실을 받아들이기도 힘들겠죠!

그런데 생각을 한번 바꿔 보면 어떨까요? 우리의 일상이 정해진 대로 날마다 비슷하게만 흘러간다면 너무 재미없을 것 같지 않나요? 삶은 미리 정해지지 않았기 때문에 더 가치 있고, 마음껏 내일을 꿈꾸는 즐거움도 있을 테니까요. 익숙하게 다니던 길을 살짝 벗어나 샛길로 빠져들었을 때 뜻밖의 멋진 풍경이나 좋은 인연을 만나는 행운이 찾아들기도 하는 것처럼 말이에요.

《댕댕이 경주》에는 부모님을 따라 갑작스레 도시를 떠나 시골로 가는 바람에 외계인의 처지가 되어 버린 주인공 찬수가 등장해요. 찬수가 새롭게 접어든 길에서 어떤 풍경과 어떤 보물들을 만나게 될지 살금살금 따라가 보세요. 그러면 여러분도 '낯선 별'에 뚝 떨어진 외계인이 되었을 때 겁먹지 않고 새로운 모험을 즐기며 단단하게 뿌리 내리는 지혜와 용기를 얻게 될 거예요. 여러분 앞에 펼쳐질 모든 길에 언제나 환한 햇살이 비추길 바랄게요.

세상의 모든 외계인을 응원하며

이은재

함께 읽으면 더 좋은 온서재 골목문고

01 홍길동이 나타났다

박혜선 글 | 김명길 그림

지하 세계 명랑국의 정원사였던 홍길동이
요괴 추적자가 되어 나타난 이야기

2023 세종도서 선정 도서

02 우리 형이 온다

정란희 글 | 박영 그림

부모님이란 울타리가 갑자기 허물어졌을 때
아이들이 겪는 아픔과 성장 이야기

03 종이 신발

문영숙 글 | 이수진 그림

빼앗긴 나라를 되찾으려고 목숨을 걸고
한국독립청원서를 만든 김창숙의 비밀 이야기

마루지 독서대회 추천 도서

04 딱지 딱지 등딱지

안오일 글 | 손성은 그림

꽃게 왕딱지와 친구들이 오염된 바닷물에서
가족과 꿈을 잃고 고통받는 환경 이야기

마루지 독서대회 추천 도서